Bücherei Erzgebirgischer Miniaturen
Band 2

KARL-HEINZ SCHMIDT

Wie dr Schnoobl gewachsen is

Erlebtes und Erlauschtes
erzählt in westerzgebirgischer Mundart

SACHSENBUCH

Vignetten von Christa Jahr

ISBN 3-910148 -67-0

2. unveränderte Auflage 1997

Einbandgestaltung: Christa Jahr und Jochen Busch
Typografie: Jochen Busch
Gesamtherstellung: Druckerei zu Altenburg GmbH
Printed in Germany

Vorwort

Wie dr Schnoobl gewachsen is – Dieses Büchlein bringt Erlebtes und Erlauschtes. Sie sollen schmunzeln und lachen können, wenn Sie meiner Cousine oder den Bremer Stadtmusikanten begegnen. Auch auf die Frage nach den ersten Jüngern Jesu erhalten Sie eine Antwort.

Worauf es mir ankommt: Behalten Sie Ihre Heimat und die Menschen, die dort leben, lieb. Und verlernen Sie Ihre Muttersprache nicht.

Als Joseph Haydn getadelt wurde, seine Messen seien zu weltlich-fröhlich, gab er zur Antwort: „Wenn ich an meinen lieben Gott denke, werde ich so lustig, daß ich mich nimmer zu lassen weiß“.

Ein wenig von seiner Lust und Freude wünsche ich Ihnen beim Lesen meines Büchleins. Entspannen Sie sich.

Allein oder mit Freunden zusammen, in der Familienrunde oder in Gemeindekreisen.

Und ... denken Sie getrost ab und an einmal an den „lieben Gott“!

Der Verfasser

AUS DR KINNERZEIT

Bargmaa und Engel

Es war noochn zweeten Waltkrieg. Domols war ich su zah Gahr alt. Unner Ritterschgrüner Pastor war krank wordn, su doß Vertrating har mußt. Dr Pastor aus dr Pöhl kam. Vun dan hieß es, doßr streng wär.

Kurz und gut, es war vür Weihnachten, als mei Klasse bei dan e Stund Christenlehre hatt. Dr Pöhler Pastor bracht zwee Figurn mit, die in de Weihnachtszeit net bluß neipasseten, die gehärn drzu, wie es Wasser nein Bach gehärt: Bargmaa und Engel.

Nu fröget dr Pöhler Pastor, was denn dr Engel für e Bedeiting hätt. Es Neibert-Liesel saat ganz treich und gelossen: „Der Engel bringt eine gute Nachricht von oben – vom Himmel". „Gut, mein Kind, setz dich", maanet dr Pastor, dar vielleicht gar net su streng gewaasen is, wie de Leit immer saaten. Er fröget wetter: „Und der Bergmann, was spielt er für eine Rolle?" Dodrbei hotr mich aageguckt; dar muß gemarkt hobn, doß ich es Lüder-Ursel, de „Emma", su ihr Spitzname, genackt hob. „Na, na? Was hat es mit dem Bergmann auf sich?" Dr „schwarze Max", wie mer aah zum Pöhler Pastor saaten, is off aamol ganz spitz und giftig wordn. „Was ... was es mitn Bargmaa ... off sich hot ... off sich hot?", fröget ich halblaut vür mich hie. „Ja, mit dem Bergmann", kams immer spitziger und giftiger aus dan seiner Gusch. In meiner Aufreging saat ich: „Dr Bargmaa? Nu, dr Bargmaa bringt e schlachte Noochricht vun unten – aus dr Aard!" Ich dos gesaat und e Schall drinnesitzen, dos war aans. Nu warsch raus. Dr „schwarze Max" war wirklich streng. Doß dar aber gleich zudraschen muß, dos wär net nötig gewaasen.

E fürchterlicher Rupperich

Weihnachten 1948. Dr Krieg war noch net lang ze End. Ganz langsam sei mer wieder ne Barg naufgekrabbelt. Dr Moogn, wenns überhaupt noch aaner war, hing in de Kniekahln, und su sei aah de Geschenke ausgefalln. Se warn klaa und gering. Mer kaafet bluß nutwenniges Zeig. E Hus, paar Socken, höchstens e aafaches Molbuch oder e Tütel Pappmannle aus dr Gunghans-Bud. Aber aah wenns nischt wetter gob am Heilign Ohmd, de Kinner hamm trotzdam offn Hans Rupperich gewart. Freilich wußten mer, doß es kenn richtign Weihnachtsmaa gob, aber aah dar gehärt zur Weihnachten drzu wie Bargmaa und Engel.

Mei Mutter würd schu en Hans Rupperich ausfindig machen, dar mir mei bissel Kram bringt. Es war aah su. Mer hatten unner wing Assen nei, dos mit ner gestreckten Soße übergossen war, do kams zum Hinterhaisel reigepultert.

Arscht dacht ich, e Pfaar trampelt ne Buden har. Dann hatt dar e Kett mit Glieder su gruß wie e Untertass. Krawall hotr schu gemacht, do gobs nischt auszesetzen. Ihr guten Leit, als dar dann de Tür aufmachet und ich sooch dos Ugetüm, do is mer warm und kalt ne Buckel rauf und runter geloffen. Mit Weihnachtsmaa hatt dar ganze Zinnober absolut nischt mehr ze tu. Statt ner schinn Larv oder en flauschign Bart, hatt dos Monster e Gasmask auf – e Überbleibsel ausn letzten Krieg. Dar Dingerich war net im entfernsten mit ne Knacht vom Heilign St. Nikolaus ze vergleichn.

Su war dos aber in dr schlachten Zeit. Es gob nischt, weil arscht e Berg Elend vun dan grauerlichen Krieg beseitigt wardn mußt – de Mode sollt aber doch halbwags eigehalten und mitgemacht wardn. Und do kams abn ze solche Ausschreitinge. Übrigens, mich hot net bluß dr Pöhler Pastor geschloogn, dar Gasmaskenheini hot mich aah verdroschen. Ihr guten Eltern, vergaßt net, wenn ihr für eiere Kinner en Hans-Rupperich ausmacht, nammt net ne arschten besten! Sucht eich en guten aus – oder aah e Christkind! Dos pucht bestimmt net zu und hot aah e schiens Gesicht!

Untergang dr Titanic

Weihnachten war längst vorbei. Dr Schnee tat seine Baa naziehe, de arschten Frühlingsblümle reckten ihre Köpple aus dr Aard. De warme Zeit kündiget sich aa. Do saat unner Klassenlehrer, dr Günther-Hans: „Zetteln raus! Heit ward e Aufsatz geschriebn."

Dos kam zwar bissel überraschend, aber Aufsätz warn mei Leibgericht. Rachne war wäniger mei Fall, aah vun Chemie und Physik hob ich net viel gehalten, aber Aufsätz! Do sei meine Gedanken spaziern gange. Weit fort. Mei Fantasie is regelracht mit mir durchgebrannt, wenns zum Beispiel hieß: „Mein schönstes Ferienerlebnis" oder „Wie schätzt du deinen Lehrer ein?".

Unner Klasse hatt ne Günther-Hans viele Gahr lang, und mer hamm dan geliebt. Dos kaa mer schu sogn. Domols sei de Faunsen oogeschafft wordn, dr Lehrer durft also nimmer zuschloogn. Vun dan hamm mer immer noch welche kriegt, und für uns war e Schall vun dan wie e Stangel „Mars" oder was vun dr Milkakuh.

Drei, vier Wochen vür dan Aufsatz, dans itze ze schreibn galt, hattr uns vom Untergang dr Titanic drzehlt.

„Heit", saatr, „schreibt ihr drüber. Vier Seiten mindestens!" Ich waß noch wie heit: Als dr Günther-Hans die Geschicht vun dan grußen Schiff ausmolet, und dos kunnt dar, und wie, do soßen mer wie de Meisle im Klassenzimmer und hamm uns net gemuckst. Paar Maad, unnere Dauerwinselguschen, hatten ihre Aagn vull Salzwasser. Vor alln de Viertel-Irmgard hot gegammert wie e geschloognes Kind, wu dr Günther-Hans an dare Stell aagelangt war, wu die vieln Leit ins Wasser gefalln sei.

Su, nu kunnts lusgieh mit dr Schreiberei. Und dar Aufsatz sollt mir zum Fallstrick wardn. Mei Genickbracher war dos Lied, dos de Bordkapell am Schluß gespielt hot. Ich wußt schu, doß es e Abschiedslied war, e arnstes Lied off jeden Fall. Aber was für aans? Was für aans? Ich hob hie und har überlegt. Mir fiels net ei. Dann hob ich zu guter Letzt su geschriebn: „Bevor das Schiff sank und viele Menschen ertrinken mußten, spielte die Kapelle: ‚Zum Abschied reich ich dir die Hände und sag ganz leis Aufwiedersehn'". Mei Klassenlehrer hot in dan Fälln, wennr richtig in Rage war, uns es Heft übern Kopp gehaa. Dos hotr zwar itze net gemacht, aber gebläkt hot dar wie net gescheit, su doß mir Härn und Sah vergange is. Weil dar e wing feichte Aussprooch hatt, war ich nooch sein Geschrei dermaßen vullgesprudelt, als wär ich domols aah mit ins Wasser gefalln. Es is halt aah e Unterschied zwischen su en alten Schlagerschinken und dan Choral: „Näher, mein Gott, zu dir"!

Für fünf Pfeng Lokmotivenpfiff!

Als Kind hatt ich ganz zeitig en Spitzname kriegt. Paar rautige Waldrandgunge saaten zu mir: „Paster!“ Warum?

Gucket ich su? Machet ich also e sakrales Gesicht? Oder hob ich su geredt? Dos gelab ich net. Ich hatt zwar meitog en Anflug vun Patentantenmaniern an mir, aber doß die gleich „Paster“ zu mir saaten?! Vielleicht hamm die ewos drvu geahnt, wu ich im Traam noch net dra gedacht hob. Ja, und die grußen Waldrandgunge hattens immer bissel off mich oogesah. Egal mußten die mich argern. Dauernd mußt ich für die en Plootz (Maulaff: im Vogtland) machen. Und hob ich ne net gemacht, gobs Drasch. Wos hamm die mich zur Friedrich-Alma neigeschickt, üms verrückteste Zeig ze kaafen. De Alma und ihr Karl hatten e klaanes Ladel offn Hammerberg, in dan de allerhand eikaafen kunntst: Butter und Rollmöps, Aasichtskarten und Duftkissen …! Bluß dos net, wos ich für die Gunge eikaafen sollt. Die saaten ze mir: „Los, gieh zur Alma und hul fürn Fünfer Haumichblau! Wenn se dos net hot, bringste Stecknodelsame! Gieh, oder es kracht!“ Nu bie ich halt gange. Heit könnt ich mich noch faunsen, doß ich net im geringsten dra gedacht hob, doß es doch solchen Quatsch überhaupt net gibt!

Die Banausen hamm immer annersch Zeig drfunden. Gefunden hamm se aber bluß en – mich! Ich war dumm genug, üm settes Gelump ze verlange. – An en Freitig mittog schickten se mich wieder zur Alma und saaten: „Su, heit hulste für fünf Pfeng Lokmotivenpfiff; aber wing zack, zack!“ Ich verlanget dos Zeig. De Alma gucket mich aa, dann gucket se off mein Fünfer, dan ich off de Lodentafel gelegt hatt. Dann gucket se mich wieder aa mit ihre schinn grußen Aagn. Ich wußt net, wos se dacht und wollt. Off jeden Fall hot se sich wos überlegt. Dann saat se: „Hier, Gung, haste Lokmotivenpfiff. Steck dein Fünfer wieder ei, dar kost nischt!" Dodrbei gob se mir zwee Zuckerstaanle, die su gut nooch Himbeer schmecken taten. Ich hob se gleich alle beede ins Mau…, Verzeihung, nein Mund gesteckt, denn besser vürgesah als noochgedacht! Dann saat ich ze die Gunge: „Dar Lokmotivenpfiff war gruße Klasse! Ihr könnt mich ruhig wieder mol nei zer Alma schicken!" Ich muß übersch ganze Gesicht gestrahlt hobn, und dodrbei is mir dr Himbeersaft de Maulwinkeln runtergeloffen.

Seltsamer Spiegel

Wie gesaat, ich waß net, warum die grußen Gunge „Pastor" ze mir saaten. Ich hatt wirklich nischt an mir, wos dodrauf hieweisen tat. Im Gegntaal, ich war als Kind mannichsmol e ganz schiener Krakel, wie mer Arzgebirgler ze en sogn, dar net viel taacht.

Kaa Wunner, doß de Dorfleit öfter als aamol saaten: „Dr Ella ihr Gung is schu e racht nischtgetaachtes Ding!"

Im Wald hob ich mei schienes Bleyle-Gackel zerhackt. Off kurz und klaane Bröckele. Weil ich kaa Lust zur Aarbet hatt und mir alles su langweilig wordn is.

E schiener „Pastor"! – Wie heit waß ich noch, wos passiert is, als mei Großmutter beerdigt wurd.

Domols warsch Sitte, doß de Tuten drham aufgebahrt wordn sei. Dr Leichnzug marschieret ze dare Zeit durchs ganze Dorf. Mer sei ganz langsam dr Ziegngass hinter, ne Hammerbarg nei und ne Hackschmarkt nimm offn Gottsacker zu. Wenns net regne tat, mochts sei, wenn aber dann de Gewitter am Himmel standen, do is mannicher Leichnzug im Galopp durchs Dorf geprescht. Dar Leichnwoogn is vun zwee aageputzten Pfaarne gezugn wordn, und im Woogn warn rundrüm Glasfanster, su doß mer dan Sarg sah kunnt. Mer kunnt sich aber aah salber in dan Glasfanstern sah.

Unmittelbar hintern Leichnwoogn bie ich mit mein Cousin geloffen. Mei Mutter hatt mir e Baskenmütz draufgericht, wie e Lackaffel hatt die mich aagezugn. Off dan lange Waag zum Friedhuf hob ich mei Spiegelbild oft genug gesah in dare Leichnwoogntür. Nu laaf ner mol e dreiviertel Stund, wenn net länger, hinter en Leichnwoogn har. Für e Kind will dos schu wos haaßen. Dos is e Zumuting!

Als mer ne Hammerbarg rei warn und ne Hackschmarkt nimmgeloffen sei, do kam ich, wie ich maanet, off ne originelle Idee. Ich fing aa, Faxen nei dr Leichnwoogntür ze machen. Doß ich dodrauf net eher kam! Dodrmit wullt ich off kenn Fall mei Großmutter ausspotten, naa, aber ich kunnt mich mit mir salber unterhalten. Ich hatt de Langeweile nein Griff kriegt.

Und dann ging dos su vonstatten: mol hob ich de Noos huchgezugn, dann mit de Zäh gefletscht – de Zung rausgesteckt, su weits När ging, mol geschiegelt. Es hot net lang gedauert, do fing mei Cousin aah mit aa. Su ging dos e ganze Weile. Bei dr Gunghansbud, wos e Pappenfabrik is, hot mei Mutter, die hinter mir ging, gesah, wos sich do vorne oospieln tat. Nu kaa mer bei ner Leich ja kenn Krawall machen und schreie, wie se dos drham immer machet, wenn ich net spuret, do muß sich aller Kampf im Stilln oowickeln. Bauf, krieget ich paar offn Kopp, su doß mei Baskenmützel zur Seit runterhing. Se hat noch emol zwee gezischt, dann war dr Kampf aus, und es ging halbwaags bis nimm offn Gottsacker. Do kams dann aah drauf aa, denn offn Friedhuf macht mer kaane Faxen.

Nammt mirsch net übel, wenn ich eich paar solche Streich offenbar. Hand offs Herz – habt ihr denn net aah mannichmol Kafaten nein Spiegel gemacht, wenn ihr eich unbeobachtet gemaant habt? Naja, und als Kind, do nimmt mer halt jede Gelagnheit wahr und – wenns geleich e Leichnwoogn is.

Dr Kaschper off dr Kanzel

Es is när gut, doß ich net allaane setts Zeig gemacht hob. E klaaner Gung, er gieht noch net in de Schul, war mit seiner Mutter in dr Kirch, also zum Gottesdienst.

Nu gibts Pfarrer in verschiedener Ausführing im Blick off ihrn Predigtstil. Welche gibts, die predign su geschwolln und gelehrt, doß kaaner waß, wos hinten und vorne is – mer waß also net, wos die sogn wolln. Die haue Fremdwörter nei ihrer Predigt, doß es när su kracht. – Annere predign su schlicht und aafach, doß mer denkt, de Sonntagsschul is lusgange. – Und dann gibts aah die Ausführing vun Pfarrern, die lappen regelracht, die kaasen es Blaue vun Himmel runter. – Ja, ihr Leit, und dann gibts abn aah verschiedene Tempramente unter dan „Schwarzen". Do sei die, die stackelesteif off dr Kanzel stiehe – die denken, wenn se doch mol ihrn Kopp nimmdrehe, bricht de Kanzel zamm. Und annere ruppen vür Täritheit bald es Kanzelbrattel wag. Die fuchteln in dr Luft rüm, als wolln se Fliegn fange. Su aaner hot mol bei uns gepredigt. Mol baimet dar sich auf und gaagelt mit seine lange Arm rüm, dann sacket dar wieder zamm und ließ seine dürrn Armle dr St. Barbarakanzel runterbaumeln.

Und in dan Aagnblick, wu dar tärite Pastor wieder mol su ganz laweet dr Kanzel runterhing, do saat dar klaane Gung: „Mutter? Is itze dar Kaschper tut?"

„Du siehst gefahrlich aus!"

Zum letzten Schulaafang hot sich folgendes zugetrogn. Zearscht hamm mer e Lied gesunge. An ner Flanelltafel hatt ich die Geschicht nageklabbt, die ich behanneln wollt. Es ging alles wie am Schnürle. Zwölf Kinner soßen vür mir und härten drauf, wos ich drzehlt hob. Ich mach gern su e bissel off Frog und Antwort. Und die Kinner drzehln, do braucht ihr nischt. Die sogn sugar mehr, als ne Eltern lieb is.

E Maadel saat: „Mit dan Zuckertütenbaam, dos stimmt überhaupt net, do tue uns unnere Eltern bluß ver...!"

Do war noch e Zwillingspärchen drbei. Dr Gung saat ze mir: „Du siehst aber gefahrlich aus!" – „Gefahrlich? Warum?" – „Weil du su schwarz aagezugn bist. Du siehst aus wie e Zauberer ausn Zirkus!" Hot dos Kind vielleicht racht?

Langweiliger Gottesdienst

In unnerer Nachberschaft wuhnt e klaaner Gung, dar gehärt zur katholischen Kirch. Sei Vater hot ne mol mit nooch Schwarzenbarg zum Gottesdienst genumme. Und, wie Kinner sei, denne dauert alles ze lang. Bis offs Fernsah, dos kaa bis früh giehe. Jedenfalls hot dos pfiffige Gungel im Altarraum e klaanes, rutes Lampel entdeckt. Wie e Luchs hots Gungel gespannt dorthie geguckt. Dann maanets: „Du, Vati, wenn do vorne dos Lampel grü brennt, dann könne mer wuhl hamgiehe?“

Konfirmandenprüfing

Bevor ich zur Konfirmandenprüfing kumm, möcht ich zwee Dinger aus dr Christenlehre zum besten gabn. Dr Kaltufen-Richard, e Katechet ausn Arzgebirg, fröget de Antje, war denn de zwee arschten Jünger vom Herrn Jesus gewaasen sei. De Antje überleget hie und har, dann saat se mit ihrn Äppellachen: „David und Goliath, Herr Kaltufen!“

De Schöpfung war dra. Dos is immer e schwieriges Kapitel mit dr Erschaffung dr Walt und ihrer Menschen. Dr Kaltufen-Richard hot sich alle Müh gabn, üm dan Putten ne liebn Gott sei viele Aarbet mit uns ze drklärn. Do sieht mei Richard, wie es Lutzel bald beim Eischloofen is und fröget ganz barsch und gezielt: „Lutz, wer hat die Welt erschaffen?“ Es Lutzel, aus seiner Frühgahrschmüdigkeit auffahrnd, gob zur Antwort: „Ich net, Herr Kaltufen! Immer soll ich drbeigewaasen sei!“

Nu zur Konfirmandenprüfing. Do muß ich eich aber mit in de Uckermark namme. In dan Gahr hob ich de Prüfing übersch Kirchngahr gehalten. An aaner Stell fröget ich nooch Menschen, die im Labn vun Herrn Jesus e Roll gespielt hamm. Do gibts ja e ganze Menge solcher Leit, die ne Heiland geliebt hamm und denne er geholfen hot. In de Kinnerköpple hots ganz schie geaarbet. Ich wollt offn Hauptmann vun Kapernaum naus. Und dr Detti ausn Filialdorf sollt de Antwort gabn. Dar kam und kam net drauf. Weil dr Detti en klenn Sprochfahler hatt, wollt ich ne wing off de Sprüng halfen. „Na, Detti, du weißt es doch! Der Hauptmann von ... von ..., na, Detti, du weißt doch Bescheid! Sag es!" – „Von Kö ... Köpenick!" Dos hotr när su rausgeplatzt und strahlet drbei wie e Fettbemm.

Hamlet ward fromm

Es Markel-Ilsel kam vun dr Schul eham und fröget sei Mutter: „Du, Mutter, war isn aagntlich dr Hamlet gewaasen?" De Marianne, wos ne Ilsel sei Mutter is, fauchet patzig vun dr Trittletter runter, weil die gerode Arger mit ihre Gardine hatt: „Horch mol zu, mei Kind, war vun uns beeden muß wos larne, du oder ich? Hul de Bibel und guck gefälligst salber nooch!"

Wos saat de Marianne? „War vun uns beeden muß wos larne, du oder ich?" Marianne, Marianne, ich gelab aah du mußt noch wing larne!

Erdkunde

De Richter-Ursel kam vun dr Christenlehre ham. Müd vun dan lange Unterricht setzet se sich offs Kanapee, üm wing auszeruhe. „Na, Uschi, wie warsch heit in dr Christenlehre? Habt ihr wieder gemolt? Oder habt ihr wos aufgeschriebn?“, fröget ihr Mutter, die am Tisch soß und en grußen Strickstrump in dr Zerr hatt. – „Mer hamm gemolt und gesunge, Mutti, aber sog mol, wu liegt denn dar Ort *Erkorn*?“ – „*Erkorn*?“, fröget ihr Mutter zerück. Se wollt es Postleitzohlnbuch huln und unter Er … noochgucken, do maant es Kind: „Naa, do drinne stieht dos net, dos muß in dr Näh vun Jerusalem sei, denn de Maria stammt vun dort“. Dr Ursel ihr Mutter war net aus Dummsdorf, und in dr Christenlehre war die aah immer gut gewaasen, aber dan Name hatt se wirklich noch net gehärt. „Dos gibts aber“, saats Ursel und war sich seiner Sach ganz sicher.

„Mer hamm heit e Lied gelarnt, und do haaßts: Uns ist ein Kindlein heut geborn von einer Jungfrau aus *Erkorn*“! De Mutter hatt ihr Kind verstanden und hots aufgeklärt. Es kaa bluß gut sei, doß es aah solche Eltern gibt, die ihrn Kinnern halfen könne, wenn die mol wos net wissen.

Gemolte Weihnachtsgeschicht

In dr dritten Klasse ließ dr Kaltufen-Richard ne „Stall vun Bethlehem“ moln. De Kinner hamm ihrer Fantasie freie Laaf gelossen. Die sei in dare Beziehing ehrlich und großzügig. Kinner sogn de

Wahret und moln de Wahret. Es Meyer-Susel, wing vertraamt in seiner Art, kaa Wahres und Legendäres net ausenannerhalten. Su bringts de Susi fartig, offs Hirtenfald geleich es Rotkäppchen und ne Wolf mit draufzemoln. Wie die nu ihr Kripp fartig gepinselt hatt, do molet se üm de Heilige Familie en Stall drümrüm, wie mer ne bei uns kenne. Ubn offn Giebel aber hot dos Maadel en Zwarg gesetzt. Dr Kaltufen gucket net schlacht, als er dan sooch. „Susi", fing er aa, „was soll denn das da oben auf dem Giebel bedeuten?" – „Dos is mei Owi", drklärt es Susel, „siehst du net, wie dar lacht? Dan hob ich richtige gruße Zäh nein Mund gemolt. Dar soll richtig lachen könne, mei Owi!" Ne Kaltufen-Richard sei Maul is gar nimmer zugange, su hat dar gestaunt und zeiget dodrbei seine Zäh.

„Du mußt", nahms Susel sein Foden wieder auf, „du mußt mol ne dritten Varsch vun ‚Stille Nacht, heilige Nacht' im Gesangbuch laasen, dann waßt du, wos ich gemolt hob. Do stieht ganz deitlich dort: ‚Owi lacht!'" („... *o wie lacht* Lieb aus deinem göttlichen Mund").

Dr Kaltufen war paff, als es Susel hinzufüget: „Wenn ich schu wos mol, dann mol ich alles oder nischt!"

Rodes

Dr Kaltufen hatt mit dr zweeten Klasse de Weihnachtsgeschicht durchgenumme. Arscht hotr se vürgelaasen, dann mussten de Kinner die Geschicht noocherzehln. Dr Beithner-Heiko sollt alle Gestalten nenne, die in dare Geschicht vürkumme. Do fing er aa: „Kaiser Augustus, Cyrenius, Maria,

Joseph, es Jesuskind …“. Und weil zur Geburt Christi aah de Weisen aus ne Morgnland gehärn, hotr Kaltufen es Matthäusevangelium mit gelaasen, wu drei Manner sich offn Waag nooch Jerusalem macheten. Also zehlet dr Heiko wetter auf: „Hirten, Engeln, drei Weise und Rodes“. – „Fein“, saat dr Kantor, dann stutzetr wing und fröget, „Rodes? Rodes? Meinst du den König Herodes damit?“ Dr Heiko drwidert ganz empört: „Dar biese Dingerich haaßt bei mir net Herodes, dar is kaa Herr, dos is dr Rodes!“ Mannichmol hamm de Kinner racht gutes Gerachtigkeitsempfinden!

Ne liebn Gott sei Wuhning

Die Frog, wu dr liebe Gott wuhnt, is vun de Kinner öftersch als aamol aageschnieten wordn. Dr Doktor aus unnerer Nachbargemeinde hot zwee Kinner. De Ute und ne Christoph. Die zwee Putten hamm sich in ihrn Kinnerzimmer unterhalten, und mer häret, wie se ne liebn Gott sei Wuhning ausmachen wollten. Dr Ute warsch klar: „Dr liebe Gott wuhnt im Himmel!“ Dr Christoph aber war annerer Maaning und saat: „Naa, dr liebe Gott wuhnt in dr Kirch!“ Während die beeden nu su debattierten, ging de Tür auf, und dr Nachbargung kam rei, dar alles mit aagehärt hatt. Dar saat: „Ihr habt beede racht, dr liebe Gott wuhnt im Himmel, und in dr Kirch hotr sei Praxis!“

Ich wünschet uns alln e bissel vun dare Unbefangeheit dr Kinner. Mer sollten getrost wing mehr, wie Matthias Claudius dos sogt, „wie Kinner fromm und fröhlich sei“.

Glücklicher Zufall

„Wer kann mir ein Beispiel eines glücklichen Zufalls nennen?“, fröget dr Pfarrer Leutmann seine Konfirmanden. Es Neibert-Christel, dos meitog wing hinterhar war, saat: „Ich kaa aans sogn, Herr Pastor!“ – „Und das wäre?“, fröget Leutmann zerück.

„Mei Vater und mei Mutter hamm zufällig an enunddanselbn Tog geheirat!“

Dr Pessimist

Als dr klaane Beyreither-Hans aus dr Schul ehamkam, saat er ze sein Vater: „Du bist e Pessimist, Vater!“ Dar war platt über su ne Eischätzing und maanet: „Wie kimmst du denn off solchen Kaas? Ich soll e Pessimist sei, ich, wu ich doch dr aanzige in dr Familie bie, dar alles net su schwar nimmt wie ihr? Nu här mer aber mit dein dumme Gemahr auf!“ – „Vater, du bist trotzdam e Pessimist! Dr Lehrer saat, doß die Leit, die immer schwarz sanne, Pessimisten sei“. – „Na und? Sah ich su aus?“ – „Ja, Vater, mer hamm unnern Fernseher immer noch net aagemaldt!“

„Ass, Tante Marie!“

Wie ich sog, mit de Kinner kaa mer etliches drlabn. Die könne en ganz schie in Verlaagnheit bringe. Do war wieder mol de Tante Marie bei uns ze Besuch. Die redt su viel. Se waß immer wos ze sogn, und wenns dr gräßte Blödsinn is. Beim Kaffeetrinken ward se vun unnern Klenn, ne Bernd, bedient. Dr Tante kame de Träne vür Rühring, weil dar Gung sich su liebenswürdig üm se gekümmert hot. „Aber Bernd, warum bedienst du mich denn so fleißig?", fröget se ne Gung. Dar gucket mit seine verschmitzten Aagele arscht mich aa, dann de Tante und saat: „Mei Vater sogt, sulang de Tante Marie assen tut, sulang hält die aah ihr Gusch!"

Oogewaschen

Dr Kaltufen-Richard, wos e guter Katechet is, gut in dr Leisting und gut im Charakter, saat mol ze en klenn Gung: „Nanu, da ist ja ein neues Gesicht in unserer Klasse! Wir freuen uns, sei herzlich willkommen!" – „Haste gedacht, Herr Kaltufen, ich bie dr Fischer-Peter ausn Saafengrund. Ich bie jede Woch bei dir zum Unterricht. Mich hamm se heit bluß mol richtig oogewaschen!"

Dicke Lügn

De Mutter vun Seltmann-Fredel hot ihrn Gung es arschte Mol bei ner dicken Lüg drwischt. Se will ihr Kind stroofen und sogt: „Su, vun itze aa darfst du nimmer Mutti ze mir sogn!" Auweh! Dos war e harter Brocken, wenn mer nimmer Mutti sogn darf! Es Fredel druckset sich dan ganzen Tog in Hausnähe rüm. Es hatt kaa Lust zum Spiel und zum Sport geleich gar net. Su gegne Ohmd kam dr Klaane aageschlichen und fröget ganz schüchtern: „Horch mol,

Hannelore, darf ich itze wieder Mutti zu dir sogn?" Su wie ich de Hannelore kenn, hot die off jeden Fall ja gesaat, denn die hots aah rümgetriebn – off ihre Art. Aans hot offs annere gewart.

Mei Cousine

Ich salber war e Aanzelkind, hatt kaa Schwaster und kenn Bruder. Aber ich hob e ganze Raas Cousine. Mit denne bie ich allerdings su verbunden, als wärns meine Schwastern. Besonders aane stieht mir nahe. Vom Waasen und aah vom Umfang har. Die is lustig und rund. Rund nimmer ganz su toll, weil se zuckerkrank is und oonamme mußt. Vun dare will ich itze aber net drzehln, die kimmt spöter noch mol dra.

Ich drzehl eich itze vun dr annern, vun dr Gudrun. Wie die noch im Kinnerwoogn soß und de arschten Wörter sogn kunnt, do gehäret aa Wort mit ze ihrn Stammrepertoire, dos net gerode Begeistering bei de Leit ausgelöst hot. Is ihr Mutter mit dr klenn Maad ins Dorf gange und de Leit hamm nei dan Kinnerwoogn gegadert, dann kams wie aus dr Pistol geschossen: „Du Ochs!" Mei Tante, wos de Gertrud is, hot do net bluß aamol Blut und Wasser geschwitzt. Saat de Franke-Hildegard, dare de Drogerie gehäret: „Du bist aber ein hübsches Kind!", und do hatt se aah racht gehatt, denn mei Cousine war e schienes Maadel, do parieret dar Popel mit: „Du Ochs!" In dr Ritterschgrü sei bluß noch Ochsen rümgeloffen. Do war dr Bäcker aaner und dr Schulleiter, dr Pastor und de Klippelverlegere.

Dos blonde Maadel is größer wordn. Es war

sechs Gahr alt. „Du Ochs!“ hots nimmer gesaat. Doch an en Frühlingstog, kurz vür Ustern, krieget mei Cousine e fürchterlich dicke Noos. Niemand wußt, wos dos war. Dr Mutter is Angst wordn vür dan glänziten Zinken. Alles, wos halfen könnt, mußt harhalten. Dos ging bei dr Hammerbarger Ringelblumesalb lus und härit bei Schlangegift und Spucke auf. Un es End vom Lied? Die Noos wurd immer dicker und glänziter. An en Vürmittig saat mei Tante ze ihrn Harzblattel: „Kumm när mol har, Maad. Wos guckt denn bei dir aus dr Noos raus?“ De Gudrun hielt ihr Lockenköppel in de Höh, und mei Tante sooch de Beschering. Aus dan Nasel gucket e klaaner grüner Spießer raus, e Keim. Hatt sich dos ausgekochte Ding vun en Kind net e Erbs nei dr Noos gestoppt? Nu aber raus drmit, e Noos is doch kaa Frühbeet. Ich verstieh aber aah mei Tante net, die hätt doch schu eher mol nei dan Zinken gucken könne!

Und de Zeit verging. Aus dan Maadel wurd e Maad. Weil mer de Zeit net aahalten kaa, is aus dare Maad e Ehefraa wordn. Aus dare wiederum e Mutter vun zwee Gunge. Dr gruße Gung haaßt Andre, dr klaane Chris, dos is mei Potengung. Und wie dos su is, wenn Kinner zamm sei, do kimmt net immer wos Gescheites drbei raus. Mei Cousine hatt mannichsmol ihr bissel Nut mit ihre pädagogischen Fähigkeiten. När mol dos will ich eich drzehln: Wu die Gunge noch klaa warn und net folgn wollten, zieht sich mei Gudrun en Perlonstrump übern Kopp und hot ihre Gunge mit dare entstellten Larv drschracken wolln. Freilich sei die Kinner drschrocken. Und wie! Aber sogt när mol, ihr guten Leit, su kaa mer doch kaane Kinner drziehe – oder?

Unner klaaner Gung, dar domols zum Reformationsfast halbnackit nei dr Kirch kam, weil er Sehnsucht nooch dr Mutti hatt, soß mit meiner Fraa und mir im Naturtheater in de Greifenstaa. Die Felsen liegn zwischen Ehrnfriederschdorf und Geyer. E schienes Flackel im Arzgebirg. Ferienzeit – Huchbetrieb! In dan Theaterkessel kunnt mer Berliner gackern härn und Sachsen aus Leipzig und Draasden. Naabnbei häret ich, wie su paar Grußguschen, die mußten aus dr Draasdner Dreh gewaasen sei, saaten: „So ne Klitsche hier! Die müßten ma unsere Felsenbühne in Rathen kennlern! Das is doch kee Nivoo hier! Ärzgebirge, daß ich nich lache!“ In mir hots gekocht. Am liebsten hätt ich dan Gust aans nauf seiner Gusch gabn. Mensch, die mögn doch arscht mol ihr drackite Elbe wing dünnflüssiger machen, eh se uns in unnerer klarn Bargluft wos weismachen wolln. War mei Arzgebirg aatast, dar greift mir nooch ne Labn! Nu bie ich net in de Greifenstaa gefahrn, üm mich mit paar Flachlandtiroler rümzestreiten, ich wollt mit meiner Familie ins Naturtheater gieh. Und heit standen de „Bremer Stadtmusikanten“ offn Programm. E Kinneroper. Es war Stimmung im Felsenkessel. De Sonn drücket vun ubn, de Menschen drücketen unten. Mei Klaaner soß mol bei mir off de Baa, mol bei meiner Fraa. Dann gings lus. E Märchenwalt tat sich auf, und mer sei neispaziert. Mer war mit emol in de Kinnerzeit zerückgekehrt. Selige Zeit! Aus dare selign Zeit sollten mer aber bald wieder rausgeführt wardn. Niemand ward de Gegnwart lus. Unner Gung, wos dr Peter is, hatt mit seine dreiehalb Gahr kaa Sitzflaasch. Dar is do vorne rümgeloffen, als müßt dos su sei. Mol gings vür ze de Musiker, die sich dauernd ne Schwaaß ootreichn mußten – mol krabbletr nei en Vugelbeerstrauch, dar am Bühnerand stand. Schreie kunnt ich net, wie mei Mutter dos domols hintern Leichnzug aah net kunnt, do hob ich halt aah gezischt wie ne eifersüchtige Kreizotter. Es schönnste sollt jedoch noch kumme: Als die Raiber vun dan vier Stadtmusikanten in de Flucht getriebn warn, do hamm die sich versteckt, üm ja nimmer vun dan vier wilden Geselln aufgestöbert ze wardn. Dr Esel, dr Hund, de Katz und dr Hah hamm die Raiber suchen solln, üm se noch mol su richtig ze drschracken. Mei Familie und ich soßen in dr arschten Reih, su doß mer hätt die Raiber aagreifen könne. Die soßen hinter dan Vugelbeerbaam. Laut Textbuch durften die vier Musikanten de Raiber net finden, wänigstens ze dan Zeitpunkt noch net. Do huppet unner Gung auf, Gerachtigkeitsempfinden hatt dar öftersch mol, schrier, wos es Zeig hielt: „Do sei se doch, do sei se doch! Saht ihr die denn net?!" Dr Pet stand unmittelbar vür dan Raibervolk, und de gute Akustik im Talkessel trug dos Kinnergebläk weit fort. Bis in de letzte Reih vun Theater kunnt mer dan Bläkranzen härn. Dos Volk hot net när gelacht, dos hot geschriern. Vergabns de Schauspieler mußten vür Lachen e Pause eilegn.

Ich aber muß dortgesassen sei mit en Kopp, dar su gruß wie ne Esel seiner gewaasen is.

NE PÖHLBACH NAUF

Hächstgeschwindigkeit 40

Dr Pöhlbach nimmt sein Lauf vun Zweebach aa, unterhalb Tallerhaiser. Am Fußgelenk vun Fichtelbarg beginnt sei Existenz. Dort laafen Höllbach und Klingerbach neizamm, und dr Pöhlbach is geborn. Sachte platschert dos Bachel nei dr Ritterschgrü, wus nooch und nooch grösser ward, weils mol vun dare Seit, mol vun gäner Seit e Wassergrabel aufnimmt. Es gieht wetter nooch Glubnstaa, durch de Pöhl, und in Grüstaadtel kimmt de Mittweida drzu. Ab Schwarzenbarg läft unner Bachel unter en annern Name wetter, es haaßt Schwarzwasser.

Dos Pöhlbachel kaa viel drzehln. Vun dr Ritterschgrü bis nooch Grüstaadtel hatts viele Gahr ne treue Begleiterin, de alte gute Bimmelbah. Dos Bahnel war noch gar net richtig aagefahrn, do warsch aah schu am Ziel. Wos sei denn neinehalb Kilometer! Und was de Geschwindigkeit aaging, dos warn im Hächstfall vierzig Stundenkilometer.

Den Eisenbahnern warsch net ze verdenken, wenn se hie und har überlegeten, ob se net „Blume pflücken während dr Fahrt verbuten“ aabringe sollten.

Kam dr Winter ins Gebirg, dann hatt es Bahnel oft sei Nut. Am Sauteich, wus en ganz schönn Barg naufklattern mußt, warsch net bluß aamol stackengebliebn. Ich waß noch wie heit, wu ich aah mol mit aussteign und schiebn mußt. Schie warn de Öfen in unnern Bahnel. Jeder Woogn hatt en klenn Berliner Ufen, dan dr Schaffner früh aagehaazt hot, und wenn de Aarbeter eigestiegn sei, dann wußten die, doß se net bluß noochlegn durften, die mußten noochlegn, wenn se net friern wollten.

Schod, doß unner gutes Bahnel nimmer fährt, hatts doch net bluß für de Aarbeter und Schulkinner gute Dienste getaa, aah für de Urlauber warsch e lustige Oowachsling. Loßt mich itze mol paar Geschichten drzehln, die sich an dare klenn Streck zugetrogn hamm. Dr Pöhlbach und de Bimmelbah, die könne schu wos zum besten gabn.

Verpaßt

Bei dr Bimmelbah gibts genau dos Zugpersonal wie beim „grußen Zug“: en Lokführer, en Haazer, Zugführer und Schaffner. Viele Gahr war dr Grund-Max Zugführer, zuverlässig, aber aah streng. Bei Wind und Watter, bei Gewitter und Schnee, dr Max und sei Bahnel hamm zammgehalten wie e Liebespaar!

Dr Max hatt allerdings ne Schwäch für en Troppen aus dr Flasch. Ob dar Troppen gut war oder net, dos spielet kaa Roll bei dan, de Hauptsach war, es hot dr Kahl nunter gekrabbelt. Vielleicht war de Lokmotiv dra schuld, die Tog für Tog en Haufen Wasser nei ihrn Bauch gepumpt krieget, Und do dachtr: „Wos du kasst, kaa ich aah!“ Su war ne de Grüstaadtler Bahnhufswirtschaft gerode racht als Tankstell.

Dr letzte Zug fuhr ohmd üm elfe nooch dr Ritterschgrü. Viel Leit soßen do nimmer drinne. Hächstens paar Kinogänger, die aus Schwarzenbarg kame, e Hand vull Schichtaarbeter oder, wenns huch kam, fuhr noch aans zwee mit, die vom Berliner Schnellzug kame und eham wollten.

An en Winterohmd, es war im Januar, do hot dr

Grund-Max es Bahnel oogepfiffen, stand braatbaanig nahme Gepäckwoogn und wedelet mit seiner Taschenlamp, die off grü gestellt war. Akustisch untermoletr sei Signal mit en kräftign: „Faartig!" Bis Unterritterschgrü ging dos aah ganz gut. Off dr vürletzten Station stand mei Max wieder mit Pfeif und Taschenlamp nahme Gepäckwoogn und wollt sei „Faartig!" schreie, do gobs ne en Riß, und er wanket vom Gepäckwoogn e Stückel seitwärts. Dodrbei rufetr noch zweemol: „Faartig! Faaartig!" Und bei jeden „Faaartig!" hots ne en Schlenkers gabn, su doß dar arme Karl immer wetter zur Seit getriebn wurd. Dar „Weiße" tat sei Wark!

De Lok ließ ihrn Dampf raus, pfiff kurz auf und setzet sich in Beweging off Oberritterschgrü zu. Dr Zug war fort, dr Max blieb stieh. Dar war „faartig!". Wos blieb ne wetter übrig, als seine Baa untern Arm ze namme und dan Zug noochzerenne. Es rute Zugführerband über dr Brust, sei Taschenlamp off grü gestellt, su sausetr dr Hauptstrooß nauf. Wie e Olberer isr durchs Dorf gerammelt. Es Bahnel war gerode eigefahrn in Oberritterschgrü, do fatzetr beim Sieber-Paul ne Barg nei. Außen und inne durchnäßt kam dr Max offn Bahnhuf aa. De Lok stand schu in ihrn Stall. Schnell machet dr Max sich „faartig!", doßr ham ze seiner Fraa kam.

Ob die ne aah „faartiggemacht" hot?

Per Anhalter

Mei Mutter, wos de Ella is, die war suzesogn Stammgast bei dr Bimmelbah. En Fahler hatt die allerdings: se kam immer of dr letzten Minut.

Spöt machet die drham fort und dacht, die warten schu!

Su warsch aah domols, als se wieder mol nooch Berlin fahrn wollt. Ne Koffer hatt se lang en Tog vür dr Abfahrt offn Bahnhuf geschafft, dos haaßt, ich mußt ne nunterschaffen. Es Bahnel, aah „Bussel“ im Volksmund genannt, fuhr üm neine lus. Kurz vür neine schnaufet mei Mutter beim Wolf-Bäck üm dr Kurv rüm. De Busselleit wußten, doß mei Ella noch kumme muß. Weil de Zeit aber üm war und kaa Ella in Sicht, sei se lusgefahrn – ganz langsam, als wenn se wos ahnten. Und wirklich, als se über de Brück rumpleten, wu dr Pöhlbach drunterwagplatschert, brachts mei Mutter aagedreht. Am „Erzhuf“ fing se aa ze bläken und hot mit ihrn Handtaschel gewedelt, ne Topphut im Genick, ne seidne Schal in dr Hand, ihrn Mantel net zugeknöppt. Se stand vür dan Zug wie e Mensch, dar sich in Auflösing befand.

Wos aber hot dr Lokführer gemacht? Dar kunnt ja gar net annersch. Dr Gotthard hot halt aagehalten und ließ de Ella eisteign. Dr Raas nooch Berlin stand nischt mehr im Waag.

Ihr guten Leit, hier hamm sich Gemütlichkeit und Regelwidrigkeit wieder mol su echt de Hand gabn!

Drei Bier, Herr Wirt!

Off dare Gartenzwarglinie sei Sachen passiert, die mer bluß hinterhar drzehln kaa. Heitzetogs täts Stroofen gabn, die sich gewaschen hamm.

Aane vun dan Statione hieß „Siegelhuf“. Die hatt ihrn Name vun dan Gasthuf, dar drnahm stand.

Wenns Bahnel kam und off dan klenn Ümschloogplatz wing Pause machet, kunnt dr Wirt drmit rachne, doß es gleich pfeifen tat. E Tablett für de Bimmelbahbesatzing stand Tog für Tog reserviert off dr Theke. Pfiff de Lok zweemol, schaffet dr Siegelhuf-Wirt zwee Bier nüber an Zug; hot se dreimol gepfiffen, mußtr drei Bier nüberschaffen.

Regelwidrig, regelwidrig! Doch schie war die Zeit trotzdam. Su saaten jedenfalls de alten Leit, die uns dos domols drzehlt hamm.

De Hannelsfraa

Denk ich an die gute Seltmann-Hanne, die Tog für Tog mit ihrn schwarn Tragkorb vun Schwarzenbarg rausgefahrn is, do muß ich schu sogn, dos war e Leisting, die se vollbracht hot. De Hanne war e Butenfraa und hatt jeden Tog für de Ritterschgrüner Leit Zeig eigekaaft. Dos schleppet die in ihrn Korb vun Schwarzenbarg nooch dr Ritterschgrü. Wos die när alles in ihrn Korb drinne hatt: Schnürsenkeln, Zwirn, Klippelbrief und Saaf, Strumphaltergürteln, Püpple, Ümstecknoodeln und vieles mehr. Emol is unnerer Hanne aber e grußes Mißgeschick passiert. In Schwarzenbarg stieg se nein grußen Zug, üm bis Grüstaadtel ze fahrn. Dort stieg se üm ins Bussel. Dr gruße Zug fuhr wetter nooch dr Rasche und dr Miepe, wie Markersbach im Volksmund haaßen tut, bis nüber nooch Annebarg.

Als mei Hanne in Grüstaadtel aussteign will, machet die net vürwärts aus ne Zug raus, sondern mit ihrn Hintertaal zearscht. Dos ging, wenn se dan grußartign Korb offn Buckel hatt, am besten. Wie se su zwischen Tür und Angel schwebet, se hatt wirklich ze tu, doß se rauskam, sprang e gunger Karl hie ze ihr und wollt behilflich sei. Bluß, dar dacht, se wollt eisteign und schub se wieder zerück – dorthie, wu se harkam. Mensch, dos ging aber schwar! Endlich war de Hanne drinne. Mit en grußen Schwung machetr de Tür zu, und dr Lochmann-Paul, wos dr Grüstaadtler Fahrdienstleiter is, hub sei Fliegnklatsch und fort gings.

„Hanne, wos fuchtelste denn heit mit deine Arm su in dr Luft rüm?" fröget dr Paul zum Fanster nei, aber de Hanne hot dos alles net gehärt. Sie muß wetterfahrn. Hoffentlich isr in dr Rasche dos Theater net noch mol passiert. Irgendwie ward se schu hamkumme sei.

Su is aber: Willste e gutes Wark tu, kaa gut und gern es Gegntaal rauskumme.

Dr komische Hals

Vieles, wos off dare klenn Streck lusgewaasen sei soll, entspricht dr Wahret – manches ward aber aah bluß drzehlt. Dos is wie mit de grün Kließ. Jeder sogt, se wärn off sein Mist gewachsen. De Vogtländer sogn: „Dos sei unnere Kließ! Die stamme ausn Vogtland! Mer kochen se net bluß, mer backen se aah, dann haaßen die gebackene Knödle!" – In Thüringen sogn de Leit: „Vun uns kumme se, weil se in dr Näh vun Hörselbarg entstanden sei! Getraut eich ja nimmer ze sogn, se käme vun eich aus Sachsen!" – Ja, und de Arzgebirgler sogn: „Su saht ihr schu aus. Ihr könnt quatschen, wos ihr wollt, de grün Kließ hamm ihr Wurzel im Arzgebirg! Wos gieht uns dr Hörselbarg aa, und mer könnten uns net vürstelln, doß se in dr Hammerbrück oder in Schöneck de grün Kließ drfunden hätten! Die kumme vun uns – pasta!“ War hot nu racht? Wuhar kumme nu de Kließ? Und wu ist dos und gäns wirklich passiert?

Dr Fritzsch-Sepp drzehlet mir mol vun en klenn Gung, dar mit seiner Mutter mitn Bahnel gefahrn is. Se wollten vun dr Ritterschgrü nei off Schwarzenbarg. Dr klaane Gung setzet sich nahm seiner Mutter off su e hartes Holzbankel. De Bimmelbah hatt kaane Extraklassen aufzeweisen. In dr Unterritterschgrü stieg e alter Maa zu und setzet sich dan beeden gegnüber. Dar Gung hot dan alten Maa vun uhm bis unten gemustert, vun links nooch rachts, rundümedüm also. An dan muß wirklich wos dragewaasen sei. Dos war aaner mit „Besonderen Kennzeichen“. In solchen Fälln stieht dann im Ausweis: Narbe an der Wange – Muttermal am rechten Oberarm – Knick in der Pupille …! Ich waß net, ob dos „Besondere Kennzeichen“ vun dan Maa aah aageführt wordn is in sein Ausweis, dar hatt nämlich en fürchterlich grußen Kropp, manniche sogn aah Adamsapfel drzu. Gruß wie e Hühnerei oder, weil ich vorhin vun de Kließ geredt hob, wie e Kluß ausn Vogtland oder Arzgebirg. Und wie Kinner sei, die halten doch net hintern Barg, die sogn raus, wos se drinne hamm. Sogt dar Gung ze dan Maa: „Du hast aber en komischen Hals!“ Sei Mutter is bald in Ohnmacht gefalln, su war die drschrocken über ihrn Gung. Eh die aber eischreiten kunnt, drwidert dar Maa: „Wenn du nicht anständig bist, freß ich dich!“ Prompt kam dan Kind sei Antwort: „Eh du mich frassen kasst, mußte dan arscht hinterschlucken, dan de noch im Maul hast!“ Die Mutter sooch aus wie e Kallichwand. Wos die mit ihrn Gung draußen gemacht hot, waß ich freilich net.

Gestroofte Fraßsucht

Tog üm Tog und Gahr für Gahr fuhrs Bahnel am Pöhlbach rauf und runter. Spöter gobs noch en Omnibus, dar zwischen Ritterschgrü und Aue verkehret. Und nahm dan zwee öffentlichen Verkehrsmitteln is nochs „Postel“ gefahrn. E klaanes gelbes Postauto, dos früh und ohmd Post und Paketer gebracht und fortgeschafft hot. Hintern Fahrer warn noch drei Sitzplätz, und hatt jemand es Bahnel oder ne Omnibus verpaßt, dar kunnt mitn „Postel“ fahrn. Alle drei Fahrer, die dos Autole gefahrn hamm, je nachdem, war gerode Dienst hatt, warn freindliche und hilfsbereite Manner.

Aaner vun denne war e Original, wies kaa zweetes gibt: dr Wunderlich-Konrad. Dar hot für sei Labn gern gassen. När wos dar su neigeschafft hot. Für drei Neigrosch Sammeln und e polnische Wurscht oder e Pfund Hackepeter, dos war e Klaanigkeit bei dan. Bei mein ehemalign Bäckermaaster, ne Seifert-Kurt, hotr sich Sammeln gehult, und bei mein Maaster sein Bruder, ne Seifert-Werner, dar sei Flaascherei net weit vun dr Post hatt, e ordentliche Portion Wurscht oder Schinken. Dann gings Gemampf lus. Kinnersch, hot dar neigehaa! Beim Flaascher isr gleich ins Schlachthaus gewürgt und fröget: „Is lang wos fartig? Hast du warme Schinken oder Wiener Warschtle? Is dr Hackepeter schu aagericht?“ Dos warn ne Konrad seine wichtigsten Frogn. Als wenns off dr Walt nischt annersch gabn tät. Es Assen und Trinken spielet beim Konrad e gruße Roll. Vür alln es Assen. Wos mich am meesten an dare Geschicht geargert hot, war dos, doß mersch dan net aasah tat, wos dar su neigestoppt hot.

Emol sollte Konrad sei Frasserei aber doch e End finden. Beim Seifert-Werner hot e Eisenbahner mit ausgeholfen, wennr grod kenn Dienst hatt. Kam dar vun dr Schicht, isr mit ins Schlachthaus oder nei dr Worschtküch und hot flessig mit Taag gemacht oder Warschtle gefüllt und gebunden. Dar Eisenbahner war jedoch e ganz huhnackiter Dingerich, dr Schneider-Rolf. Bei gruß und klaa war dar bekannt. Kaaner wußt su genau, wosr im nächsten Moment im Schild führet. An en Vürmittig ruppets de Tür wieder auf, und mei ausgehungerter Wunderlich-Konrad stecket sei Köppel zum Schlachthaus rei und fröget: „Is lang wos fartig? Habt ihr mir wos aagericht?“ –

„Kumm rei, Konrad, kasst schu wos kriegn“, saat dr Rolf, dar haamlich nüber zum Werner grienet. Die zwee Flaascher hatten nämlich en Plan ausgeheckt, dar itze zur Perfektion kumme sollt. Heit sollts ne Konrad an de Baa gieh. Offn Fansterstock log e Packel Hackepeter, dar appetitlich durchs Pergamentpapier schimmern tat. Es Wasser kunnt en im Maul zammlaafen. Dr Konrad nahms Packel, bezohlet und machet zur Tür naus. Kurz drauf rißr noch mol de Tür auf und schrier rei: „Schönn Dank, ihr Karln, ihr seid net mit Gald ze bezohln!“ Und naus warer wieder.

Dan Satz, danr su vuller Gitt rausgerafelt hot, wardr hinterhar machtig bereit hobn. Dr Konrad hatt noch e halbe Stund Zeit. In dare hotr ganz genüßlich sein Hackepeter verkunsumiert, zwee frische Sammeln drzu. Oh, welche Lust! Während die Fraßgusch ihre Zäh in dos würzige Flaasch hauet, fanden sich drei Weibsen ei, die mit nooch Schwarzenbarg genumme wardn wollten. Er hots im arschten Moment gar net weiskriegt, doß do jemand wos frogn wollt, su hot dar geschmatzt und geschlunge. Dos Aussah vun die drei Weiber hot verrooten, doß die net vun dr Ritterschgrü warn. Aane hatt en braatkrampiten Hut auf wie Jenny Jugo aus su en alten Filmschinken vun 1937. Die annern beeden hatten nischt offn Kopp, warn uhne Koppschutz.

„Sie entschuldigen, Herr ... Herr ...“, wetter kam die Behütete net, denn dr Konrad saat: „Loß när dan Herrn stacken. Bis Schwarzenbarg kaa ich eich mitnamme!“ „Das is aber nett von Ihnen, wir sind aus Leipzig und machen hier Urlaub!“ – „Schu gut“, saat dr Konrad und poplet sich en Hakkepeterfoden aus seiner Prothes. Dann ließr ne Motor aa, hupet dreimol, dos war immer sei Zaagn, wenns vun dr Post fortging. Beim dritten Huperts hots de Tür aufgerissen. War kam noch reigesprunge? Mei Günther-Hans. Mei guter Klassenlehrer. Immer wenn ich an dan denk, könnt ich e Loblied aastimme. Aah wennr uns manniche Lüg aufgebrummt hot, mer hatten dan när aamol gern; vielleicht deshalb, denn e drfundene Geschicht aus dr Kriegsgefangeschaft war uns lieber als Unterricht.

Dr Hans war also eigestiegn und soß nahme Konrad. De Fahrt ging lus. Beim Neiburger-Frisär vorbei, dr Strumpbud nüm, und bei dr Franke-Drogerie biegets „Postel“ in de Hauptstrooß ei.

Mei Konrad war noch net ganz bis zur Schöne-Liesbeth kumme, die su en klenn Konfektionsloden hatt, do marketr in dr Gürtelgegnd e unheimliches Drucksen und Gurksen. Dr Konrad rutschet off sein Sitz hie und har, wos die drei Leipziger Breiguschen net gemarkt hamm. Mensch, wos die alles sü gekaast hamm hintern Konrad sein Buckel. De Ritterschgrü is schu schie, do gibts gar nischt drüber ze reden, aber e Paradies is die nu aah wieder net. Mer muß de Kirch schu im Dorf lossen. Jedenfalls hots nischt genützt, dr Konrad mußt bei dr Schöne-Liesbeth aahalten und saat bluß kurz ze seine Aavertrauten: „Ich muß in dan Loden schnell wos oogabn! Ich kumm gleich wieder!" Naus, de Tür nagekracht, dos war aans. Drleichtert kam dr Konrad nooch fünf Minuten wieder, strahlet und saat: „Su, itze kaas wettergieh!" Es „Postel" setzet sich in Beweging, und die drei Stadtweibsen finge wieder aa, de Ritterschgrü aazebaten. „Marion, guck doch mal den Grenzgrund hoch! Die ‚Waldburg', und die feine Bedienung dort. Da könnte sich unser Gosewirt am Zoo ne ganz schöne Scheibe abschneiden! Herrlich, das Dörfchen!" Als die fartig war mit ihrn Lobgesang, fing dos Hutgansel aa zu schnattern: „Ach weißt du, Friedericke, mir gefällt an Rittersgrün, daß es so prächtig eingebettet ist in Wald und Berge. Ich bin dankbar, daß wir diesen Ort empfohlen bekamen von unserm Reisebüro am Altmarkt!"

Ne Konrad hot dos Gemahr überhaupt net intressiert. Ob de Bedienung in dr „Waldburg" fein oder net fein is – ob dos Dorf herrlich und eigebett is oder nackit und aufgedeckt vür en liegt, dos war ne Konrad egal. Gereizt hot dan wos ganz annersch. In dr Sternkopp-Schneidmühl hattr nämlich wieder wos oozegabn. Naus, Tür nagehaan und üm dr Eck nüm. Dr Günther-Hans hot sich schu gewunnert, wos dar immer oozegabn hatt, dar hot doch nie wos in de Händ gehatt, wennr naus is. Hm, sonderbar. Im Gegntaal, dar hatt doch de linke Hand immer an dr Gürtelschnall und de rachte an dr Hus hinten. Unterdessen kam dr Konrad wieder und – fort gings. In Niederglubnstaa, es Bimmelbahnel kam gerode hinter dr „Talschänk" raufgekeicht, do fuhr mei Konrad wieder rachts na und saat entschuldigender Weise: „Meine Damen, ich habe dem Wirt etwas auszurichten. Bin gleich wieder da." Itze fingr sugar aa, vürnahm ze reden! Also: Tür auf – naus – fort! In dr „Talschänk" suchetr die Tür, wu „Männer" drastieht. Er kam allerdings zearscht bei de „Frauen" vorbei. Egal – när nei drmit!

Wos war heit när lus mitn Konrad? Dos kunnt doch net mit rachten Dinge zugieh! Konrad, wos hamm se bluß mit dir gemacht? Unterdessen hätt mer nooch Schwarzenbarg laafen könne. Ne Günther-Hans war dr Saafensieder schu lang aufgange. Dar wußt, wos dr Konrad an jeder Eck „oogabn" mußt. Wos aber dann, wenn nooch dr „Talschänk" e lange, freie Streck kimmt? Kaa Schöne-Liesbeth, kaa Schneidmühl – wos dann, Konrad? Dr Hans war gespannt, wie dr Konrad mit dare „Oogaberei" wetter verfährt.

Dr „Sauteich" kam in Sicht und dodrmit paar Baam und Streicher. Es „Postel" hielt, dr Konrad stieg aus und maanet, er müßt mol nooch ne Auspuff gucken, dar tät su krachen und pfatschen. Auspuff war gut gesaat. Dr Günther-Hans wußt, wus und wos gekracht und gepfatscht hot. Die drei Weiber wußten vun nischt wos. Die hatten net de geringste Ahning, wos sich in dan Auto und im Konrad sein Innegewaad oogespielt hot. Die hatten när de Natur ze bewunnern. An „Sauteich“ war zwar net gerode es schönnste Flackel, dos sogt schu dar war indessen wieder eigestiegn, und dr Auspuff krachet und pfatschet nooch wie vür net. Es ging durch de Pöhl, dr Rasche und Grüstaadtel. Schwarzenbarg war in Sicht. An dare Stell könnt mer klassisch wardn und rezitiern: „Erreicht den Hof mit Müh und Not ...!“. Die Leipziger Urlauberinne stiegn aus und bedanketen sich aans übersch annere Mol. Dr Hans fatzet ne Stadtbarg nauf, sei Aktentasch halb offn Hintern. Dr Konrad soß im „Postel“. Aah wenns do drinne nischt gob, wu „Manner“ oder „Weiber“ drastand, er mußt, obr wollt oder net, sein letzten Akt dort vullführn!

Wos sei Fraa saat, als dr Konrad ehamkam? Ich waß net. Wissen tu ich aber, wuhar alles kam – wos de Ursach vun dare vieln Halterei war. Dr Seifert-Werner und sei huhnackiter Gesell hamm dan arme Konrad Fuchslaaber nein Hackepeter gewirkt. Die kunnt niemand sah, die spüret mer aber üm su mehr. Rizenusöl und Sennesblätter sei gegn Fuchslaaber gar nischt.

Dr Konrad war zwar paar Tog verschnuppt, aber sei grußer Appetit hot vergabns ne Ausschnapper wieder gefunden. An en Freitig mittog ging de Schlachthaustür wieder auf und e Köppel schub sich rei und fröget: „Is lang wos fartig? Habt ihr wos off Lager? Gekochten Schinken ...?“

Drehort: Ritterschgrü

Wenn e Bach reden könnt! Wos sich do net alles an seine Ränder oogespielt hot. Ich denk an die Zeit, in dare de Wismut su richtig bei uns drham war. Es war e uhruhige Zeit. Fast in jeden Haus warn Bargleit untergebracht.

Dos war aber aah die Zeit, in dare viel Familien aus Schlesien nooch dr Ritterschgrü kame. Menschen, die ihr Haamit verlorn hatten. Wos hamm die bluß durchgemacht! Wos mich besondersch fraat an dare ganzen Sach, is, doß mer uns mit denne gut verstanden hamm – mer sei zammgewachsen. Ich wüßt net, obs in dr Ritterschgrü Leit gob, die „Zugezugne" ze de Schlesier saaten.

Mir gefällt aah dr Dialekt dr Schlesier. Do gobs mol off en Abschnitt Kaas. Alles is gerannt, üm wing Kaas ze kriegn. Do här ich noch wie heit, wie e Mutter ihr Maadel ruft: „Barblan, kumm ruff ucke, is gibt Kaase ei dar dritten Rogate!"

Ze dare Zeit kam aah dr Film ze uns. De DEFA in dr Ritterschgrü! Dos will doch wos haaßen! Mer warn stolz. Viele aus unnern Dorf wollten die Schauspieler mol leibhaftig sah, die se sunst när vun dr Leinewand har kannten. Es warn etliche Hauptdarsteller do, aber es mussten aah Statisten sei. Die wurdn ausn Dorf gehult. Und an dare Stell will ich mol vun meiner annern Cousine wos drzehln, vun meiner Gerlind, mit dare ich sehr verbunden bie – die dick war, aber nimmer ganz su dick is, weil se Zucker hot. Ja, also mei Gerlind. Wu die gehärt hatt, doß die, die gern Statisten im Film machen möchten, sich im Gemeindeamt malden solln, is die nübergerammelt zum Schwertl-Carl und saat: „Namme se mich! Ich hob Talent. Wie Sie als Kaschper im Freischütz!" Gezugn hamm net su sehr die dreißig Mark, dies pro Drehtog gob, sondern dos, doß se ihr Larvel off de Leinewand bringe kunnt. Se hatt net viel Aarbet mit ihrer Roll. Se sollt e Hur spieln, e „leichtes Mädchen", dos wetter nischt ze tu hat, als zum Fanster nauszegucken und e paar Gummistiefeln in dr Hand ze halten.

Ihr Leit, e Gesicht hot die aufgesteckt gehatt, als sollt se ne Filmpreis kriegn. Leider gobs domols en Bambi noch net.

Wenn ihr mol nooch Ritterschgrü kummt und ne Pöhlbach entlangfahrt, sicher macht ihr dos itze mitn Ford oder en Opel, dann denkt dra: dos Bachel kaa drzehln, und es Bimmelbahnel kunnts aah.

WIE DR SCHNOOBL GEWACHSEN IS

De Arzgebirgler gehärn zwar ze Sachsen, se sei aber e Stammel für sich. Dos is aafach ne Arzgebirgler sei Denkweise, sei Sinnes- und Geistesart, die ne vun de Flachländer oohebbt. Beim Arzgebirgler is de Gemütlichkeit und de Liebe zur Haamit besondersch stark ausgeprägt.

Zugabn tu ich allerdings, doßr bei all dem wing mahret is. Dos gehärt aber drzu. Do kaas durchaus passiern, doß paar Weiber off dr Strooß stiehe – sogn mer mol, die hamm sich üm neine früh getroffen – die kasste üm elfe immer noch dort traten sah. När im Loden hamm se kaa Zeit oder offn Aarbetsamt. Do tut dare en es Baa weh; de annere schwindelt und sogt, ihr Maa müßt off Aarbet, drweile isr schu e halb Gahr aarbetslus; und de dritte muß zum Bus.

Mer hamm aah unner eigene Sprooch, unnern arzgebirgischen Dialekt, unner unverkennbare Mundart. Oft falln mer auf drmit. Warum aah net!? Ich lieb mei Haamitsprooch und kaa Fremdwörter net leiden. Ich könnt mich tutlachen, wenn Leit su viel Fremdwörter gebrauchn und denken, es hebbt de Person wing in de Höh. Mei Tog net! Vür alln, wenn se die Fremdwörter noch falsch aussprachen. Die annern solln wissen, wie gescheit mer is, drbei kriegn se weiß, wie dumm dr Mensch sei kaa. Furchtbar, wenn se deitsche Wörter su amerikanisiern, die Eseln!

Aah mannicher Pastor denkt, seine Predigten wardn gehaltvoller, wennr racht viel Fremdwörter mit neipackt. I gitt! De Kirchnern vun en unnerer Nachbardörfer is stolz off ihrn Pfarrer, weil dar su gelehrt predign tät. „Viel Fremdwörter hot dar in seiner Predigt", saat se. „Verstiehe se denn aah, wosr dodrmit sogn will?", fröget ich zurück. „Naa, dos net, dodrauf kimmts aah net in arschter Linie aa, sondern dodrauf, doßr gescheit is. Ach, ich bie richtig stolz off mein Pastor!" Paulus tät an dare Stell sogn: „Was sollen wir dazu sagen?" Mei Antwort is: Reden mer su, wie uns dr Schnoobl gewachsen is. Reden mer net geschwolln, net in Zunge. Ob dos de Leit in dr Kirch oder off dr Strooß sei, jeder soll uns verstiehe könne.

Ich kaa die Leit net begreifen, die, wenn se mol paar Wochen vun unnere Barg runterkame, nimmer wissen wolln, wos es Arzgebirg, sei Volk und sei Sproch is!

Mer wolln doch wirklich net vergassen, wu unnere Wieg gestanden hot. E Kuh kasste hieschikken, wuhie de willst, die macht ihr „Muh" im Arzgebirg und in dr Leipziger Tieflandsbucht; und schickste die nooch Berchtesgaden, dann macht die aah dort ihr „Muh" und net „Kickeriki", bluß doß se e Chance zum Labn eigereimt kriegt.

Dr Mensch drgegn verännert sich oft. Hoffentlich blebbt sei Hals, wennr dan su oft dreht und wendt, net emol stacken.

Itze rot ich eich: Bleibt bei eirer Haamitsprooch und blamiert eich net, wennr annersch sei wollt, als ihr seid.

Huchnasig

De Rettig-Charlotte, dar Name könnt lang e Omen für die sei, war meitog wing eigebildt. Die hot getaa, als is dr gruße Hund ihr Pot. Die war zwar e gebirgisches Maadel, aber die hot sich dermaßen vun uns unterschieden, doß die wie e Fremdkörper in unnern Dorf rümgeloffen is. Ich will net sogn, doß se wie ne Außerirdische aufgetraaten is, aber ihr Gang war total unnormal. Brust raus, Noos huch, Schritt gestöckelt – dos war ihr Devise. Die is geloffen wie e Gans, die in de Wachselgahr is.

Als de Charlotte achtzn wordn is, kam se für e halb Gahr ze ihrer Tante nooch Schönflies bei Berlin. Die hatt dort en klenn Loden, und do mußt se mit halfen, lernet vielleicht aah bissel Ümgang mit Menschen kenne. Na ja, nooch en halbn Gahr kams Lottel wieder ham. Ich kaa eich sogn, ihr guten Leit, itze gings lus in dr Ritterschgrü. Ze de Kafaten, die se drham lang gemacht hot, kam de Farb drzu und dr Dialekt.

Die hatt ihre Lippen geschminkt, schminken wolln, aber se sooch aus wie Dragula, dar gerode aans seiner Opfer drbissen hatt. Ugeschickt wie se war, hot se net bluß ihre Lippen, sondern aah ihre Zäh bemolt. Unter ihre Aagn schimmerten paar blau-grüne Flack, die eher an ne Drascherei als an gekunntes Schminken denken ließen. Nu ihr Reden. Es kam en vür, als sooch die ihr Haamitdorf zum arschten Mol. Als se ne Hammerbarg naufkam und in ihr Elternhaus eigetraaten is, war När ihr klaane Schwaster drham. De Eltern warn offn Fald und hamm Hei gemacht. Mei Charlotte hatt nischt eiligers ze tu, als nauszeperzen, üm sich ihrn Eltern vürzestelln. Naa, wie sooch denn dos aus, als se übersch Fald gestöckelt is, wie e Gauderhah hot se sich gedreht. Dr Ferdinand, wos ihr Vater war, mußt sich am Rachen festhalten. Und ihr Mutter, de Marie, hot se fürn arschten Moment gar net drkannt. Die dacht, es käm aane vun die Urlauberinne ausn Nachbarhaus off se zu. Es Lottel mit ihrn verschmierten Gesicht sooch aus wie e Indianer in Kriegsbemoling. Ihr halb Gahr Fremdlingschaft wollts eigebildete Lottel itze unter Beweis stelln, und dos kunnt dümmer net sei. Beim Heimachen braucht mer Rachen drzu, mit denne mer es Hei zammrachent, ausenannerzieht oder wendt. Aaner vun dare Sorte log off dr Wies. De Lotte fröget ihr Mutter: „Sag mal, Mutter, wat isn det fürn Dings da?" – Arscht hot de Marie gar net verstanden, wos ihr Maadel saat, und als dr Vater drklärt hott, wos se maant, is de Marie bald in Ohnmacht gefalln über su e dumms Gefrög. Die dacht, ihr Kind is in Schönflies übergeschnappt. E halb Gahr vun drham fort und nimmer wissen wolln, wos e Rachen is, nu do hauts doch ne Faß en Buden naus! Die damische Gans hot doch meitog mit Hei gemacht. Huchstapelei, suwos! Doch sette Sünden bestrooft dr liebe Gott sofort, do braucht mer off ne saftige Ooreibing net lang ze warten. Es Lottel, wos mit ihre verschnallten Stöckleschuh de Balance verlorn hatt, is bei dan „Dings da" vorn drauf getraaten, dort, wu dr Rachen seine Zäh hot. In dan Moment is dos „Dings da" huchgefahrn und hot, als es dr Lotte ihrn Kopp gestraaft hott, ihr de Besinning wiedergebracht. Mit emol wußt die nämlich, wos dos war und saat: „O du verdorbener Rachen! Krakel, elender!" Wie schie die wieder arzgebirgisch reden kunnt!

Mannichmol brauchn mer wuhl alle su en klenn Titscher, dar uns wieder off ne Buden dr Realitäten stellt, galle?

„Ein Pfund Schöps, bitte!"

In mein arschten Büchel vum „eigeschloofene Pastor" hob ich lang drzehlt, doß mei Fraa und ich am Aafang unnerer Dienstzeit in dr Uckermark warn. Fünf Gahr lang. Und doß dos e schiene Zeit war, saat ich aah schu. Unner Flaascher hatt sein Loden in Pasewalk off dr Uferstrooß. Dos war e gruße Flaascherei mit sechs Verkaiferinne, alles freindliche Maad, aane schönner wie de annere. Net selten hob ich mit denne aah wing arzgebirgisch geredt. Wos nu e richtiger Arzgebirgler is, dar speit aah kaa Schoofflaasch aus, und mei Fraa und ich warn solche Schoofflaaschfrasser. Emol saat mei Gisela ze mir: „Wenn du heit zum Sup nooch Brüssow fährst, bringste hamzu vun Kabel-Flaascher e Pfund Schöps mit". Asst ihr aah gern Schöps? Dos is wos feins, vür alln, wenn mersch en Tog zevür nei dr Buttermillich legt, wie Reh schmeckt dos. Manniche Gastwirt solln dodrmit ihre Gäst neigelegt hamm, indem se Schöps für Reh aufgetrogn hamm. Mogs sei wies will, ich bie nei zum Kabel und saat zur Monika: „Heit möcht ich Schöps hobn!" De Monika war e Maadel, dos kaum über de Lodentafel rübergucken kunnt, su klaa war die, aber die hot trotzdam ihr Zeig gemacht. Se gucket mich aa und fröget zerück: „Schöps?" „Mensch", saat ich, „waßt denn du net, wos Schöps is? Und dos als Fachverkaiferin? Nu mach aber mol en Punkt!" Se schielet nüber zur Renate, die gerod ner Frau e Kalbshacks eigewickelt hatt und fröget bei dare üm Rot. Aber de Renate wußt aah net, wos Schöps is. Ich hob hie und har überlegt, ich wollt es huchdeitsche Wort für Schöps, aber ich kam und kam net drauf. Bis ich mit en Mol an dr Wand dos Tierle gesah hob: e Schoof, en Hammel – und dodrmit hatt ichs. „Hammel, mei Kind!“, bläket ich zur Monika über de Lodentafel. Die is gleich noch wing klenner wordn, su war die drschrocken – de Monika, net de Lodentafel. Dann gucketen die zwee Maad sich aa und lacheten grod naus, als hätt ich war waß wos aagestellt. Es nächste Mol wußten die Bescheid. Wenn ich wieder Schöps verlangt hob, dann warsch denne klar, doß se mir Hammel ze gabn hamm.

Kummt när naus in de weite Walt! Überol muß mer drzulerne. In dr Uckermark sogn de alten Leit ze de Aardeppeln Nudeln – in Leipzig haaßen de Flack Piepen – und im Vogtland sei de Tannezappen Kußle! Ei, ei.

Ausflug nooch „Hüttensee“

Uckermark – dos soll noch mol es Stichwort für unnere Zeit in dr Brandenburger Kirch sei. Vun Rollwitz, dos unmittelbar vür Pasewalk liegt, warsch net weit nauf an de Ostsee. Drüm sei mer mit unnern Trabantel aah ab und zu mol bis Stralsund gefahrn, sei dort ümgestiegn offs Schiff, und nüber gings nooch Hiddensee. Die Fahrt dorthie hamm mer immer dann gemacht, wenn Besuch ausn Arzgebirg bei uns war. Rund üm Pasewalk warsch mit dr Landschaft net gerode su, doß mer hätt sogn könne, dr liebe Gott is verschwenderisch ümgange mit dr Schönheit dr Natur, als er de Walt geschaffen hot. Aber er hot alles ausgeglichen, denn es war drfür e ganz und gar fruchtbare Gegnd. Und dos is aah wichtig, sehr sugar! Wenn de Raaslustign aah „AH und OH“ sogn, wenn se offn Aschbarg stiehe oder durch Heiligblut laafen, dos bissel Waazen und Korn, wos dort aagebaut ward, reicht net mol für die paar Hühner, die de Leit dort hamm. Also: Lieber Gott, hob Dank, doß du aah sette Landschaftsbilder geschaffen hast, die uns es tägliche Brot bringe!

Wollten mer schönn Wald sah und blaue Seen, dann sei mer Stück reiwärts gefahrn nooch Kloster Chorin oder Templin – sollts Wasser wing tiefer und weiter sei, dann gings off Usedom, Rügen oder Hiddensee.

Es war an en Mittwoch im Oktober. Besuch aus dr Ritterschgrü war do. Aane vun meine vieln Cousine mit ihrer Familie war aageraast. Do saat ich ze meiner Fraa: „Waßte wos? Morgn machen mer mol nauf nooch Hiddensee!" Dr Jubel war gruß. Vom gestrign Tog hatten mer noch e ganze Lading Aardeppelsalat übrig. Dar wurd eigepackt. Drzu e Matz Wiener Warschtle und e Schwung gekochte Eier. Lang de Autofahrt war wos wart. De 109 führet uns durch Anklam, Greifswald, drzwischen logn paar schiene Darfle, bis Stralsund. De salzige Seeluft schmecket mer off dr Zung. Es war bluß die Frog, ob mer noch Schiffskarten kriegn taten. Es hatt alles geklappt. E Extrabrot hamm mer für de Möwen mitgenumme, die uns begleiten sollten. Mer hatten aans vun dan letzten Schiffen drwischt, denn ab Oktober ward dr gruße Verkehr eigestellt. Do könnt ihr eich ja vürstelln, wie vull dos Schiff war. Aus alln Ecken kame de Leit. Aah Ausländer warn drbei, dos müssen Poln und Tschechen gewaasen sei. Ein Geschnatter überol. In aaner Eck soßen Berliner, in en annern Winkel hocket e Schulklasse aus Oberhof. Mit dr Zeit krieget mer raus, wu dos und gäns har war. Unner Schiff hieß „Stralsund",

und es zog seine Bah durch de Welln, su doß mer hätt stundenlang off die braate Strooß gucken könne, die hinterm Schiff entstand.

Uns gegnüber soßen zwee Dame, die aus dr Draasdner Gegend kumme mußten. Bei dare enn häret ich bluß immer: „Nu, nu". Und dos is Draasden, nischt annersch.

Unner Trüppel hatt viel Spaß, denn de richtign Banausen warn zamm. Noochdem ich lang genug offn Oberdeck stand und de Möwen gefüttert hatt, bie ich wieder runter ins Schiff und dacht, frögst doch mol die zwee Dame aus Draasden bissel wos. Und dos war dann su: „Na, Sie fahren wohl auch nach Kloster?" Ich wollt noch offs schiene Harbstwatter ze sprachen kumme, denn es Watter is ja immer e Gesprächsthema, wenn mer nischt mehr ze sogn waß, do nahm die aane ihr Sonnebrill runter, se hätt unter Deck gar kaane gebraucht, aber e Sonnebrill hebbt es Aussah immer wing nooch ubn, und saat: „Nee, wir wolln nach Hüttensee!" Dos kam su huchnasig und gravetätisch über ihre Lippen. Und de annere maanet: „Nu, nu". Klaader machen Leit, dos sooch mer wieder mol ganz deitlich. Aber machen de Leit ihr Maul auf, dann waß mer, doß es bissel Aißerliche ne wahrn Menschen in kaaner Weis ausmacht.

Nooch „Hüttensee". Nu do. Also net nooch Kloster. Na ja. Unterdessen hatt de „Stralsund" off dr letzten Station festgemacht. Kloster. Dos ganze Volk verlief sich im Handümdrehe. De gunge Leit schlenderten mit ihrn Lehrer in Richtung Strand. De Berliner sei nein Gasthuf, bluß de zwee Draasdner Striezle standen noch an dr Aalegstell und wußten net racht, wuhie se giehe sollten. Ich bie mit meine Leit offn Friedhuf gange, wu dr Gerhard

Hauptmann sei Grob hot – dann gings ins Museum und schließlich, wie sich dos vun en Pastor gehärt, nei dr Inselkirch. Mei Wanderroute anschließend ging nauf zum Leichtturm. Mer sei am „Dornbusch“ vürbei, an en dar Gasthaiser, dann gings an ner Pfaarkoppel entlang, durch hartes Schilfgros, über oogeweite Wiesen, die ihre letzten Blümle aabieten taten. Drubn stand dr Leichtturm und gukket runter ze uns, als wolltr sogn: „Nu kummt när rauf. Hier bie ich.“ Unterwaags hamm mer e Rast eigelegt. De Wolken warn wie waggeblosen, und de Sonn lachet übern Dornbusch rüber. E Harbsttog, wie mern im Bilderbuch sieht. Am Südhang hatten mer uns lang ausgestreckt, de klenn Papptaller vertaalt, off die itze dos Mitgebrachte draufkumme sollt. Ich war gerode drbei, in aller Aadacht und Genüßlichkeit e Ei aufzeschloogn, do häret ich net weit hinter mir, wie jemand saat: „Nu, nu!“ Mei Inbrunst war wag, kame doch die zwee Zwingerfigurn ne Barg raufgestolpert und wollten gerode an uns vorbeitorkeln. Ich hob nabnbei mitgehärt, doß se assen gieh wollten, aber kenn Platz mehr im „Dornbusch“ kriegeten. Dar war gerammelt vull, weil die annere Wirtschaft geschlossen hatt.

Do warn se nu off „Hüttensee“, sugar in Kloster, aber alles schien denne verdorbn ze sei. Ihr Moogn war total leer. Noch emol hob ich mir e Harz gefaßt und saat: „Meine Damen, ich möcht Ihnen e Angebot machen! Wolln se net mit uns Brotzeit halten? Dr Aardeppelsalat is gut, weil ich dan gemacht hob, und Warschtle und Eier hamm mer aah noch genug! Setzen se sich mit har ze uns!“ Mer denkt gar net, wie Hunger de Leit zammführn kaa. Alle Vürnahmheit war bei denne wie waggeblosen. Se taumeleten bei uns nieder und hamm neigehaa, wos es Zeig hielt. Als hätten se seit ne letzten Mol nischt mehr ze assen kriegt. Die aane, die immer „Nu, nu" saat, wollt sugar nei en Ei beißen, vun dan de School noch gar net runter war.

Bis Stralsund sei die zwee Weibsen nimmer vun unnerer Seit gewichen. Su steif und unnahbar de Harfahrt gewaasen is, su gelöst und lustig warsch nüberzu.

Zeletzt gobn se uns ihre Adressen, und es stellet sich raus, doß die zwee Hühnle dr Kirch aagehäreten, ja, die hamm sugar in dr Kirch geaarbet. Die mit dr Sonnebrill war Kanzlistin, und de „Nu, nu-Sagerin" hot klaane Kinner unterricht, se war Katechetin.

Mei Fraa saat am Ohmd: „Hattst halt wieder mol racht mit deiner Frögerei!" Su könne Verbindinge entstieh. „Und wärn die zwee net nooch Kloster gefahrn, sondern bluß nooch Hüttensee, dann hätten mer die Bekanntschaft net gemacht", drwidert ich meiner Fraa.

„Nu, nu", saat die bluß noch, dann warsche eigeschloofen. Ich dacht noch e Weile über dan Tog nooch: Du hast fei e komisches Volk in deiner Kirch, lieber Vater im Himmel – drbei denk ich net bluß an die zwee Dame aus Draasden, die mer heit getroffen hamm, ich denk genau su an mich, denn ich gehär aah ze deiner Kirch – mannichen Menschen kumm ich aah net vun dr feinen Tour und Seit – hob Dank für dan schönn Tog, für alle Bewahring off dr Fahrt, für die Bekanntschaft, die mer machen durften – und loß uns alle su sei, wie du uns geschaffen hast – loß uns enanner racht lieb hamm! Su weit kam ich noch, dann war mirs, als bie ich über de Wies geloffen, an dr Pfaarkoppel vürbei ne Leichtturm zu.

Vun „Hüttensee“ wieder nauf ins Gebirg, in de Ritterschgrü. Drham is drham, do kaa mir aans sogn, wos will, „mit kenn König möcht ich tauschen, weil do drubn mei Haisel stieht“.

Aah wenn e Arzgebirgler seine Probleme mitn Huchdeitsch hot, dos is ganz egal, mei Haamit und ihre Leit, dos is mir es liebste off dr Walt!

Mei alte Bäckermaastern hot vun Huchdeitschen nischt gehalten, aah wenn se hin und wieder mol en Brocken sogn mußt, je nachdem, war gerode im Loden gewaasen is. In dr Kirmeswoch rochs net bluß in dr Bäckerei nooch Quark- und Streißelkuchn, dr ganze Hackschmarkt war nein Kirmesduft gehüllt. Wie kunnts annersch sei, de Frau Hahnemann, e Beamtenwitwe, hot aah ihre Kuchn bei uns backen lossen. Schu dr Name „Hahnemann“ ließ wing draus schließen, doß mersch net mit ner Dorffraa ze tu hatten, sondern mit aaner aus dr Stadt. Se stammet aus Zwicke. Die kam stets fein aagezugn und nie uhne Hut – ob Sommer oder Winter, de Frau Hahnemann hatt immer en Hut auf. Mannichmol sooch se aus wie ne wurmstichige Fregatte, die jeden Aagnblick kentern will. Aber dos wollt ich gar net drzehln, mer sieht, wie schnells nei ner Seitenstrooß gieht. Eh mer do wieder rauskimmt!

De Hahnemanne hot ihrn Kuchn bezohlt und saat zur Minna, wos mei Maastern war: „Haben Sie vielen Dank, Frau Seifert, die Kuchen sind ja wieder ausgezeichnet geraten!“ Ich kaa mer net halfen, aber wenn ich de Frau Hahnemann su reden häret, su betont und ausgehult, dann mußt ich, ob ich wollt oder net, unweigerlich an de Frau Elster denken. Meiner Minna hots natürlich gut getaa, als se dos Lob krieget und saat drauf, dos haaßt, se wollt sogn: „Keine Ursache!“. Und wos saat se? „Keine Ahnung, Frau Hahnemann!“ Wie schnell hot mer doch wos falsches rausgesteckt.

De Huldlu-Hedwig, e Seel vun ner Bauerschfraa offn Hammerbarg, die saat wieder statt „total“ „tatol“. De Klenser-Frieda kaa net „hysterisch“ sogn, die sogt stattdessen „historisch“.

Zurück ze meiner Minna. Die war nie verlaagn. De Frau Hahnemann hatt drham bestimmt schu ihrn Kirmeskuchn probiert, do hob ich noch feste Pflaumekuchn nein Ufen geschubn. Die fartign Kuchn schub ich dann raus ins Haus. Und wie dos su Mode war in de fuffziger Gahr, do hatt jeder Bäck wing Viehchzeig, paar Schweinle und Hühner. De Hühner hamm sich bei uns jeden Tog mol im Haus sah lossen, aah an dan Kirmesbacktog. Unnere Hühner hatten dos drauf, die frischgebackene Pflaume ausn Kuchn rauszehacken und ze frassen. Mei Minna dos gesah, en Pantoffel ausgezugn und noochgeschmissen, dos war aans. Sicher sei dodurch de Löcher im Kuchn net wieder ausgefüllt wordn. Se nahm zwee drei grüne Pflaume, also rohe, leget se off die leern Stelln, paar ugebackene Streißle drüber und fartig war se. Die Leit wardn dos net gleich marken. Dacht se. Bis itze hamm se sich net beschwert. Hoffentlich kumme se net noch!

Boornüß

Wos ich nu drzehl, hot zwee Schauplätz: de Ritterschgrü und Berlin. De Hauptroll, tät ich sogn, spielt die gruße Stadt an dr Spree.

Dr Opp-Fred aus mein Haamitdorf war net offs Maul geflochen. Dar kunnt reden, dar kunnt singe. Im Gemeinschaftschor sang dar arschten Tenor. Mol hatt ne sei Tante nooch Berlin eigeloden. Dr Fred hot sich gefraat wie e Schneekönig. Endlich kamr aah mol zum Dorf naus. Mol de Walt wing kennelarne. Fein aageputzt isr lusgefahrn. Arscht mitn Bimmelbahnel bis Grüstaadtel, dann mitn grußen Zug bis Zwicke, und vun dort gings mitn Schnellzug nooch Berlin. Sei Tante, die in dr Näh vun Straußbarger Platz wuhnet, hotn überol hiegeführt. Dar kam ausn Staune überhaupt nimmer raus. Besondersch hot ne de Markthall intressiert. Komisch, doß immer dort, wus wos ze assen gibt, de meesten Leit sei. Mei Fred ging vun Stand ze Stand. Wos es do när alles gob: Zierkerzen, Porzellan, Parfüm. Am „Heimwarker" isr bald nimmer wagkumme. Ja, und an jeder Eck war e Frassbud. Berliner Buletten, Eisbaa mit Sauerkraut, Knacker mit Schustergunge, dos sei besondere Sammeln in Berlin – des und gäns hot dr Fred aah ausprobiert. Er wollt aber aah seiner Fraa wos mit ehamnamme, und weil die gern Boornüß ißt, dachtr, nimmst paar mit. An en Obst- und Gemüsestand frögetr: „Hamm se aah Boornüß?" Die Verkaiferin wußt allerdings mit Boornüß absolut nischt aazefange und fröget zerück: „Boornüsse? Hamm wa nich!" Dr Fred fing aa, dare Fraa ze drklärn, wos Boornüß sei und saat: „Wissen se, die sanne aus wie klaane Sammeln. Su klaane ... Sammeln, wissen se?" „Also ick weeß jarnischt. Wat wolln Sie sammeln?" Aah wennr mit sein huchn Tenor lusgezwitschert hätt, die arme Fraa hinter ihrn Rotkraut kunnt ne net halfen. „Da kam ein Wanderer des Wegs" täts itze wuannersch haaßen. Es kam zwar kaa Wanderer, aber e Maa kam, dar dos Schauspiel e Weile mit drlabt hatt. Dar kunnt net när wing sächsisch verstieh, sondern aah bissel arzgebirgisch. Dar ging ze dare Fraa hintern Lodentisch und saat: „Der Herr möchte Erdnüsse kaufen!“ Fürn Fred war dos erlösende Wort wie Wasser off de Mühl – wie Balsam off de Seel. Endlich. Mit grußer Fraad machetr zur Markthall naus. Offn Alex stand sei Tante, die dacht er wär wumöglich mit verkaaft wordn, weilr net wiederkam.

Ehamzu im Zug dachtr über alles noch mol nooch, wos ne in dare grußen Stadt su alles übern Waag geloffen is. Es warn paar schiene Tog, die er bei dr Tante drlabt hatt. Wagn de „Boornüß“ aber und de „klenn Sammeln“ hotr net extra huchdeitsch reden gelarnt. Er hot geredt, wie ne dr Schnoobl gewachsen is.

In dan Sinn här ich heit auf und wünsch eich, doß ihr eier Haamit und ihre Menschen liebhabt – aah eier Muttersprooch. Mogt ihr wuhne und haaßen, wie ihr wollt: Vergaßt eier Haamit net!

Mannicher wär fruh, er könnt drham noch mol eikehrn. Mannicher wär dankbar drfür, wennr e Haamit hätt.

aber o. Alles kam [illegible] de [illegible] Welt [illegible]
orlich hett. Dat Kind [illegible] [illegible]
noch sowie [illegible] [illegible]
dare Fina [illegible] [illegible] sau [illegible]
[illegible] Kaufen [illegible] [illegible]
[illegible] Wort [illegible] Vaser [illegible]
[illegible] Seeh [illegible] Land [illegible]
Marchall [illegible] [illegible] [illegible]
da Ate [illegible] [illegible]
nicht wieder kam.

Ehrnvaar [illegible] Zug [illegible] [illegible]
[illegible] was [illegible] in dat gr[illegible] Stadt [illegible]
[illegible] Woche [illegible]
bey dr [illegible] Sonn[illegible]
und [illegible] Sommer [illegible]
[illegible] [illegible]
Schmook [illegible]
In [illegible] [illegible]
dan [illegible] Hand [illegible]
[illegible] Mutters [illegible]
[illegible] Wege [illegible]
Manchmal [illegible] [illegible]
[illegible] [illegible]
[illegible]

aa an
Aafang Anfang
aah auch
aamol/emol einmal
abn/ahm eben
dar der, dieser
drlabt erlebt
drnabn/drnahm daneben
Foden Faden
Frog Frage
gaageln fuchteln, wedeln
gassen gegessen
gabn geben
gebläkt geschrien
gelab glaube
gerode gerade
geschloogn geschlagen
gewaasen gewesen
gob gab
ham heim, nach Hause
hamm/hobn haben
har her
huhnackit schadenfroh
isr ist er/ ist ihr
kaa kann
klaa klein
Laaf Lauf
laasen lesen
Labn Leben
Ladel Lädchen
Matz Menge
maanet meinte
Moogn Magen
noochn nach dem
Noos Nase
Ohmd Abend
oogesah abgesehen
Raas Reise/Menge
Saaf Seife
saat sagte
schloofen schlafen
schod schade
Schoof Schaf
sogn sagen
sooch sah
settes solches
soßen saßen
Sprooch Sprache
Stroof Strafe
Strooß Straße
taacht taugen/nützen
Tog Tag
trogn tragen
ubn/uhm oben
vergabns vergebens
Verlaagnheit Verlegenheit
verrooten verraten
wing wenig(es)
Woogn Wagen
zamm zusammen

Inhalt

NE PÖHLBACH NAUF

WIE DR SCHNOOBL GEWACHSEN IS